서걱이다

책 만 드 는 집   시 인 선 150

서걱이다

이은정 시조집

책만드는집

빈 들판에서 바람을 안고 혼자 서있는 기분이다.
그립던 인연들, 사물들, 그 환경과
나의 관계를 돌아본다.

− 2020년 여름

이은정

| 차례 |

2부

3부

4부

1부

촉지도를 걷다

울퉁불퉁 멍울진
도롯가를 지나가면
햇볕에 그을린 커다란 손바닥처럼
노란색 페인트 벗겨진 거미줄이 보인다.

발아래 느껴지는 다른 촉각들을
외면하고 지나가는 바쁜 걸음 앞에
다리가 셋인 사람들이 말줄임표로 서있다.

힘겹게 쥐고 있는 지팡이를 의지한 채
행여나 넘어질까 숫자 세는 신호등처럼
문밖엔 아픈 신호음이 지금도 깜박인다.

오월

오월은 붉어서
천지가 붉어서
산딸기 옷자락에 숨어있는 불씨처럼
뜨겁다
한없이 뜨겁다, 달구어진 인두처럼.

달팽이 느린 걸음도 쉬어 가는 정오에는
땅 파던 농부들 짧은 낮잠에 들고
네모난 창 너머에는
푸른 바람이 넘실거린다.

사월

수만 송이
사람꽃은
춤추듯 오고 가고

정오가 건너는 자리
초록으로 물들어 가고

저녁답
이른 노을은
꿈꾸듯 환하다.

가족사진

오월엔 하늘도 표정이 예뻐서
파랗게 노랗게 환하게 웃음 짓고
내 맘도 햇볕 좋을 때 내어다 말린다.

가끔씩 강짜 부리던 아이도 어른이 되어
카네이션 가슴에 달아주는 두 손이
그 귀한 시간을 닮아 조금씩 공손해졌다.

하하 호호 문밖으로 새어 나오는 웃음소리
지나간 시절은 꿈처럼 아름다워서
행간의 사잇길들을 자주 펼쳐 보곤 한다.

진해 벚꽃 축제

꽃등 내걸어
임 오시는
길을 밝힌다

행여나
설핏한 볕에
못 오실까 맘 졸이며

하늘도
커튼을 열어
잔칫날을 기다린다.

서걱이다

너와 나 사이에 서걱이는 그 무엇은
색색의 마음 닮은 낙엽이 그러하듯
속이 빈 현악기처럼 아픈 소리를 낸다.

가을은 잔물결로 속삭이는 실비로
그렇게 다가와 스치듯 지나가고
잠깐만 한눈팔아도 나를 잃어버린다.

너와 나 사이에 뜨겁던 사랑도
몇 번의 이유 없는 소리로 서걱거렸고
우리가 하나일 때도 가을은 가끔 슬펐다.

5·18

아파서 너무 아파서 통증마저 사라진
눈물겹던 그 시절의 역사를 간직한 채
삭막한 시간의 강이 조심조심 흐른다.

아무리 씻고 씻어도 사라지지 않는 이름들
그대로 묻어둔 채 모른 척 살아내는
자꾸만 뒤돌아 보이는 우리들의 일기장.

해마다 오월이 오면 거북한 속울음
처방약도 듣지 않는 아침을 받아 들고
내일의 꿈을 위하여 나는 나를 다독인다.

신문을 펼치면

우리는
가슴에
철문 하나
달고 산다

타인의 아픔까지
특종으로 옮겨놓고

테러다
최악의 참사다
재미있게 읽고 있다.

우리는
가슴에
사막을 안고 산다

자고 나면 전해지는
눈물 마른 장례 행렬

아직은
남의 일이라고
태연히 읽고 있다.

가을 부석사

달빛에 물이 든 부석사 은행나무
일주문 기둥이 노란빛 뿜어낸다
굽잇길 돌아서 닿을 화엄의 나라로.

석등이 불러 모은 시간의 발자국
불빛을 좇아서 돌계단 올라서면
선묘의 애틋한 마음 전설로 타오른다.

처마 끝 풍경의 오래된 기다림은
소백산 능선 타고 눈꽃이 피기까지
배흘림 무량수전 곁에 소복하게 쌓여간다.

소문

세 치 혀에 녹은 상처
습관처럼 긁적여도
얼룩얼룩 지나간 세월
좀처럼 열리지 않아
사라진 소리의 길을
당겼다 놓곤 한다.

이미 열고 나간 세계는
헝클어져 찾을 수 없고
익숙한 입술의 말로
흔들리는 울음 하나
명치끝
삐거덕 소리
아프게 감겨있다.

관계

갑작스레 그녀와 이별하는 순간에
먹먹하고 먹먹하여 밥알이 엉겨 붙어
턱까지 차오른 한숨 구덩이를 파고 있다.

계절과 계절 사이 똑같은 하늘인데
무심한 시간들 소리 없이 빠져나가
밥 한번 먹자는 안부도 전하지 못했다.

이, 저승 거리야 헤아릴 수 없겠지만
내다보면 이미 온 봄 모란이 너무 붉어서
무심히 휴대폰 열고 번호를 찾고 있다.

눈물

어쩌다 스치는 바람에도 애가 닳아
오뉴월 땡볕 아래 서둘러 지나쳤던
부풀어 터져버린 상처 패랭이꽃 같다.

살면서 바람 부는 날
많다면 많을 터인데
땡볕에서 온몸으로
받아 올린 시간들
가만히 들여다본다
바람이 잦을 때까지.

내소사 설화

내소사엔 아직도 꽃봉오리 맺혀있다
꽃살문 사이사이 천여 일이 맺혀있다
바래고 지워진 세월 결 따라 맺혀있다.

사미승 두고 간 마음 한쪽 들여다보면
아득하고 아득하여 목탁 소리 처연하다
몇 번의 업을 닦아야 꽃봉오리 피어날까.

내소천 가로질러 살아나는 시간들
물이 되고 흙이 된 사람들을 잊지 못해
천년의 대웅보전 곁에 꿈결처럼 맺혀있다.

아버지

법당 안 열한 번째 줄 아버지 계신 곳
대문 없는 부처님 옆집에 주소지 두고
한 번씩 찾아오는 가족 기꺼이 맞이합니다.

가파른 계단 올라서면 납골당 보이고
뒤돌아 법당에 들면 상석에 차려진 밥상
향냄새 묻어나는 안부 오래된 빛깔입니다.

은은한 부처님 눈길 따라 삼배 올리고
아버지 아버지 반갑게 불러보면
낮달도 부풀어 올라 거울처럼 환합니다.

2부

동백꽃

구천을 떠돌다
쉬어 가는 잠시 잠깐

어느 봄날에
피맺힌 이름이여

탐욕이
슬그머니 흘린
이브의 입맞춤.

여름 우포

바람으로 한땀 한땀 메워진 숲길 위로
잘 짜인 집 한 채 풀빛으로 보드랍다
움트듯 촉 틔운 하늘 발갛게 떨어지는.

개구리 수다로 첨벙대는 초록 숨결
천지 가득 채워진 물안개 짙어지면
일억 년 원시의 아침 가시연이 깨어난다.

해인사

1
가사 추운 하늘
깎아버린 세상 번뇌
마음 흔들리며 돋아나는 이 시간
둥둥둥 법고 소리가 다독이며 지나간다.

2
목어도 운판도 범종 따라 길을 나선다
만물 함께 일어나 부르는 합창 소리에
졸린 눈 떨치고 서서 다시 읽는 반야심경.

지금 진도는

진도 바다
둘로 갈라진
하보전리 방조제 곁엔

새들의 둥지가
비워진 지 오래지만

파도는
뻘밭 가로질러
한참을 서성인다.

켜켜이 쌓인 먼지
말끔히 씻어낸

먼 데서 전해지는
따스한 기별에

환하게
미소를 띄우는
이 고장 처녀들처럼….

경주의 봄

하늘로 날아오른 그날의 천마처럼
대릉원 품어 안은 목련꽃 만발하면
가없이 떠돌던 옛날 불꽃으로 타오른다.

초록의 능선 따라 댓잎이 나부끼고
천년의 이야기 푸르게 흔들리면
맨 처음 지나온 자리 꿈결처럼 환해진다.

억새

격한 몸부림 아직도 남아있다
제멋대로 자란 키
제멋대로 꾸려온 나날
강 건너 기차 소리는 그런 생의 반추 같다.

날 수 있다는 꿈들이 스스로를 힘들게 했던
여기 외진 기슭에서 부표 같은 억새들이여
하늘 문 열릴 때까지
온몸을 흔들어라.

폐가

문패는 지금도
낯익은 모습인데

주인은 아무리
불러도 대답이 없고

구들장 온기 가시듯
간밤에 다녀간 흔적.

엉킨 풀 더미 어지러이 흔들리고
흑백사진 몇이서 살림하는 대청에는

덧없는
소문만 남아
삐걱삐걱 늙어간다.

서랍

처음엔 넓었다
한없이 좋았다

어디다
무엇을 둘지 한참을 궁리했다

지금은
속을 알 수 없는
세계가 살고 있다.

새벽 세시

늘어진
어둠을 일으켜 세우며

스며들 듯
달아나는 희미한 잔상들

시간의
문밖에서는
고요가 서성인다.

삼겹살을 굽다가

삼겹살 삼 인분 시켜놓고 앉아서
이러쿵 저러쿵 세상일 저울질하며
소주잔 부딪는 소리 살갑게 다가오네.

버얼건 불판에 풀어놓는 일상들
지글지글 오그라드는 살점 살점처럼
상추에 막장을 찍어
한입 두입 삼키며….

이십이 도 차갑고 짜릿한 유혹이여
참았던 울분들 울컥울컥 길을 튼다
누구와, 누구를 위해
하루를 살았던가.

목쉰 그 소리들 집으로 돌아가면
오늘도 무사히 제 밥그릇 잘 지켰구나
안도한 속물근성이 평수를 넓혀가네.

코시안*

농촌 총각 장가보내기
추진본부 초대장 따라
코리안드림 품에 안고
유행처럼 날아들면
윗집은 베트남 새댁
아랫집은 중국 새댁.

베트남 처녀와
결혼하세요
소식 접한 코시안들
어머니 그리던 하늘
이곳과 닮았을까
도대체 우리는 누구인가
멍하니 창가에 선다.

* 한국인 아버지와 (주로 동남) 아시아 국가 출신의 어머니 사이에
서 태어난 2세.

상사화 필 때

절집 문간 넘어온 따가운 시선에
지난날 아팠던 순간 기다린 듯 달려와
기어이 꽃대 세우곤 상처로 차오른다.

어긋난 사랑의 끝자락에 매달린
마지막 불꽃은 스스로 타올라
발갛게 제 한 몸 누인
꽃이 된 사람들.

수이 잊히면 그것이 사랑인가
이렇게 피다 보면 언젠간 만나겠지
놓쳤던 인연의 끈이 풍경에 댕강댕강.

시월

바람 앉은
기왓장 파르르 태우는

덜 익은 떫감처럼
주섬주섬 익어가는

한 자락
바람의 몸짓
툭 털리려는 찰나.

광화문

대청마루 반질한
나뭇결 쓰다듬자
천년을 이은 꽃잎 편지
양각으로 피어나고
문고리
둥근 세계는
바람이 들어있다.

메워진 흙길 따라
돌계단 올라서면
흰 빛깔 나랏말싸미
등귁에 달아 깨어나고
해와 달
다섯 봉오리는
푸른 잔디 감아 돈다.

3부

양파 까는 날

양파를 까다가 주르륵 눈물이 났다
그동안 쌓아둔 외로움 맵다 하며
저 아래 밑까지 썩은 속살을 도려냈다.

양파를 까다가 눈물이 흘렀다
시시한 신호라고 그동안 밀쳐냈던
몸 안의 울음을 모아 단칼에 잘라버렸다.

양파를 까는 날은 마음 편히 우는 날
까도 까도 끝이 없는 권태로운 저녁이
맵고 짠 눈물로 부풀어 한참을 들썩인다.

창동

무심코 펼쳐 든
지도 속 나라에는
눈물이 바다처럼 보이는 섬이 있다
한순간 젖어 든 옛날 그때로 돌아가서.

촘촘히 새겨진
이름을 따라가면
묵직한 종소리
귓가를 따라오고
햇살이 유난히 빛난
봄날의 아침처럼.

골목을 돌아서
속절없이 무너질 때
내리는 비마저 배고픈 아이 되어
차갑고

뜨거운 하늘
청춘이 앉은 자리.

희비 교차

메일이 두 차례 알림음을 보내는 시간
뜻하지 않게 부고를 열어 마음이 착잡할 때
연분홍 장미 다발이 경사를 이야기한다.

태어나고 죽는 날은 신만이 아시기에
무심코 열어본 한 사람의 역사가
시간은 참 빠르다고 믿지 말라 속삭인다.

다솔사 솔숲길

봄볕인 듯
따가운 시선
못 이기는 척
따라나서면

빽빽이 들어선 나무들 꽃눈 열고

짚으로
폭신폭신 엮은
앞마당 멀지 않다.

어떤 이별

장대비 쏟아지는 칠월의 하늘은
기다림 길게 매단 폭우로 달려오고
사내의 김빠진 술잔 힘없이 비워진다.

하늘이 서럽게 콰당탕 울음 울 때
지상엔 비꽃 피어 흙탕물 넘쳐나고
사내의 퇴색된 안부 부재로 흘러간다.

잊었던 안부가 어지러이 아파할 때
지난밤 잠 못 이룬 몇몇의 사람들
새벽녘 첫닭이 울 때 별빛 하나 보았단다.

짝사랑

사랑한다
사랑한다
되뇌일수록
멀어졌다

사랑하지 않는다
몇 번을 말해도
도대체 어떻게 해야
그대가 뜨거워질까.

그리움의 간격

괜찮지 않은 삼월에
마음이 고장 나서
물살을 타고
흐느적 흔들리는 바람처럼
눈물이 타고 내린 자리
온기가 전혀 없다.

봄밤엔 꽃잎도
눈물처럼 흐느끼고
주름진 손등에 새겨진 아픔만큼
한 번만 딱 한 번만 더
잡아보고픈 순간들.

말 없는 소리가
내 어깨를 지나갈 때
또르르 눈물이

꽃처럼 떨어지고
괜찮다
그만 되었다고
움켜쥔 손 놓으란다.

코로나-19 I

사는 일
아름답고
슬퍼서
흠뻑 젖은 날

세계의 절반 속에
코로나가 집을 짓고

두려움
번져가는데
계절은 초록이다.

코로나-19 II

평범한 일상이 멈춰버린 봄날에
집 밖은 위험해 집 안을 누비며
거대한 쳇바퀴 돌듯 시간이 맴을 돈다.

말의 무게

엉뚱한 아들에게
툭 하고 뱉어낸
고아원 간다
고아원 간다
무심코 헤집었던 순간 돌덩이로 얹히고.

혀끝의 말 설탕처럼 녹아들어 목마를 때
알게 모르게 무거워서 꿈쩍도 하지 않는
내 말은 무게가 없다고 자꾸만 뒤돌아본다.

저울에 올려놓고 한참을 기다려도
옹이가 박혀 빠지지 않는 눈물 자국
아무리 지우려 해도 또다시 차오른다.

어느 날

다가오는 오월에
파란 하늘 보이거든
반갑게 만나잔 약속
차일피일 미루다가
지난밤 영면한 소식 화들짝 들려온다.

걱정스러운 안부가
그리움으로 남아서
이제야 눈물로 후회의 말씀 올려도
기적을 간절히 바란 그녀가 곁에 없다.

지상의 마지막 밥 한 끼 차려놓고
말없이 앉은 자리에 그녀가 웃고 있다
어느 날 불쑥 찾아온 감기처럼 지나간다고.

사과

달콤한 꽃향기를
상상으로 맞혀보는
달콤한 시간에
달콤한 인생을 담아
달콤한 역사가 열린
달콤한 날의
달콤한 순간.

독서 수업

읽기는 읽었는데 다 못 읽어 아쉽다는
오학년 남자아이 수줍은 웃음 속에
반드시 읽어야 하는 청소년 필독 도서.

한참을 망설이다 펼쳐 든 노트에는
생각을 쥐어짠 흔적들이 가득하고
행간을 돌아서 가는 말과 글이 그득하다.

가시연꽃

장마 지난 우포늪은
뭇 생명의 경연장이다
그 난장을 뚫고 일어선 자줏빛 어린 새순
결 고운 꿈으로 피어 가시를 둘렀다.

꽃들의 수다가 늪에 가득 차면
지난 시간 품에 안은 초록이 맴을 돌고
온 세상 햇살을 입고 다시 평온해진다.

4부

목련

잊혀진 어제가 불쑥불쑥 찾아오면
잰걸음의 바람은 능선 따라 달아나고
지워진 그대의 이름 진하게 우러난다.

귀퉁이 돌아 불붙은 꽃눈이 피어나고
초록빛 이름 두 손에 가만히 받아들면
저 멀리 구름 한 송이 손끝에서 흔들린다.

외할머니 일기장

희끗희끗 아침 안개 부슬부슬 떨어지면
기역 자로 굽은 허리 유모차에 의지하며
한 걸음 두 걸음 걸어 새곡*으로 향하신다.

풀 한 포기 싹 하나에도 온 정성 기울여
논바닥에 그려보는 해맑은 마음자리
온종일 읊조린 아픔 말끔하게 비우신다.

반들반들 윤이 나는 외할머니 일기장은
수북하게 널어 말린 낱말들의 이야기로
시간이 쌓이고 쌓여 차곡차곡 익어간다.

* 경상남도 창원시 내서읍 평성리에 있는 텃밭.

안민고개를 지나

비에 젖어 기다릴 나의 사람아
숨죽여 울음 울던 나의 사람아
제 몸이 저당 잡힌 사연
바람으로 쓸고 있네.

가지 않으리라
가지 않으리라

잊지 않으리라
잊지 않으리라

밤마다
노크를 하는
도공*들의 원혼이여.

* 임진왜란 때 포로로 잡혀간 진해 지역의 도공들.

손톱

마음이 가려우면
날 세워 떨어진다
새빨간 웃음으로
둘러대는 손사래
욕심이 숨통을 조여
열 손가락 힘을 주고.

흔적으로 남은 흉터
가냘픈 떨림으로
미움이 가득 차면
매운맛이 살아날까
눈 감고 싹둑 자르면
한순간 빗장 풀어지고.

비밀

사월에 진해 가면 천지가 꽃 잔치라
아름드리 나무 사이 그 아랜 밤낮없이
연인들 경계境界 속으로 사랑이 범람한다.

부지런히 파전을 뒤집던 주인 여자
손님들 건네준 강소주 몇 잔에
그것도 잠깐 인기라 혼잣말로 위로한다.

꽃 피면 피는갑다
꽃 지면 지는갑다
아직은 유효한 기억을 꺼내다가
그 하늘 내게도 있었지
꽃대를 피워 문다.

문상

가슴속 깊은 울음
밤새도록 흐느끼던
그 사내 돌아누운
한 평 남짓 안방엔
가볍게 잠이 든 육신
지금은 말이 없다.

산 사람은 살아야지
소주잔 기울이며
다잡은 마음 안에
내일이면 잊을 사람
한 줌의 눈물 뿌리며
어깨가 들썩인다.

개똥밭에 굴러도
이승이 좋다더니

그래, 그래 그 말 맞지
한동안 머뭇대더니
어디론가 사라진다.

용지못

숨죽인 수면 밖으로
문득 파란이 일어
향락의 도시 그림자
달빛에 서성이고
빈 껍질 어둠을 부여잡고
앙금으로 떨어지는 이슬.

저어기 멈추지 못해 돌아가는 물레방아
억척으로 버둥대는 늦여름 갈대를 뒤로하고
옷고름 풀어 헤치고 주인인 양 떠도는 나그네.

감기

쪼그려 앉은 듯
최대한 몸을 낮춘
오월의 아침은
햇살을 감고 있다
날듯이
뻗어 올린 손끝
빠르게 움켜쥐는.

내 몸의
구멍이란 구멍
모두가 뜨거운데
가슴 한복판 짠하게 덧대어진 통증들
환하게
불꽃 터트리는
햇살에
타고 있다.

살다 보면

살다 보면 넘어지는 일
웬만큼은 있다지만
세상사 모두 다 멀어지면 모를까
우리는 가까워질수록 무심코 흔들린다.

살다 보면 상처가 잊히기도 한다지만
까맣게 메워진 자리 힘겹고 쓸쓸하다
툭 하고 건들기만 해도 와르르 무너지는.

사람에 아픈 상처 사람으로 아물어도
겁먹어 갇힌 생각 가슴으로 문지르면
아득한 지난 일에도 오래도록 뒤척인다.

가을, 낙동강 하구

만나야 할 사람에게 손짓을 보내는데
이제야 말할 수 있는 시간이 되었는데
강물은 길을 나누어 양쪽으로 흐른다.

바람을 붙잡고 부탁한 주소지엔
그리다 만 지도처럼 희미해진 발자취
꼬리에 꼬리를 물고 마음에서 멀어진다.

가을 아침에

시간은 둥근 곡선으로 흐르고
멀리 있는 안부가 바람결에 들리듯
어쩌면 그대와 나는 너무 멀리 있다.

우리의 뜨거웠던 순간이 꺼지지 않아
시간이 직선으로 뚝뚝 끊겨 떨어진다면
비 오고 바람 불어도 닿을 수가 없으리니.

시간이 부드러운 곡선으로 흐르면
기다리던 소식에 마음이 먼저 끓어
한 다발 국화꽃 속에 그대를 그려본다.

증조할머니

빨간빛 버선발 가지런히 모아서
열여덟 시집오던 새댁이 모습으로
옥비녀 곱게 꽂고서 바쁜 길 가신다.

주황색 불꽃이 타닥타닥 타오를 때
증조할머니의 시간은 멈추고 박제되어
영정 속 활짝 웃는 얼굴 꽃으로 피어있다.

이 세상 어디에도 호상은 없다지만
자식 손자 이어준 두 손이 고와서
주름져 깊은 세월만큼 아프게 이쁘다.

이별 후유증

유월이 다가오니
명치끝이 아려오고
한낮의 열기만큼
밤에는 한기 들고
잊어진
순간이 모여
밤새도록 뒤척인다.

억지로 구겨서
던져버린 이별이
자꾸만
나에게 안부를 전하고
살갑게 부르던 이름
가슴이 아려온다.

| 해설 |

사랑이 길어 올린 순정한 서정의 세계

이우걸 시인

1

이은정의 시집을 읽으면 어느 여고생의 일기장을 보는 것 같은 느낌이 든다. 그의 시적 시선은 선하고 담백하고 따스하다. 고사古寺를 노래하거나, 신문을 노래하거나, 혹은 이별을 노래할 때도 세상의 그늘을 찾기 위해 아프고 추악하고 슬픈 사건을 복잡하게 끄집어내어 난도질하지 않는다. 또 여러 이미지를 중복시켜 이해를 어렵게 하지 않는다. 물론 그런 난삽한 작품들은 그 나름의 이유가 있 겠지만 나는 이은정의 이런 취향을 비교적 좋아하고 지지하는 편이다. 가능하다면 짧게, 가능하다면 쉽게, 가능하다면 아름답게 노래하는 시를 좋아한다. 그런 작품들이 서정시의 전범이라고 말할 수 있기 때문이다.

오월은 붉어서
천지가 붉어서
산딸기 옷자락에 숨어있는 불씨처럼
뜨겁다
한없이 뜨겁다, 달구어진 인두처럼.

달팽이 느린 걸음도 쉬어 가는 정오에는
땅 파던 농부들 짧은 낮잠에 들고
네모난 창 너머에는
푸른 바람이 넘실거린다.
　－「오월」전문

건강한 오월, 의욕에 찬 오월, 싱싱하고 아름다운 오월, 끊임없이 움직이는 오월……. 어느 정겨운 농촌 풍경이 수채화 한 폭으로 펼쳐진다. 긍정적이고 희망적인 에너지가 빚어낸 작품임을 금방 알 수 있다. 난마처럼 얽힌 복

잡하고 어려운 문제가 득실거리는 세상에서 이런 작품을 읽을 때 우리는 밝아진다. 이 시조를 읽으며 시대를 외면했다고 비방할 수 있을까. 어림없는 단세포적 발상이다. 세상을 아름답게 보고 어떤 어려움도 견디려는 노력이 더 소중할 수도 있다. 그리고 작가가 세상을 바라보는 눈은 다양하다. 예술가들은 특히 그런 개성을 가진 사람들이다. 그 개성의 발현이 각기 다른 작품을 창작한다. 다양함이야말로 예술의 생명이다. 때문에 우리는 여러 시집을 읽고 자신만의 생각과 느낌으로 확장시킨다.

　　너와 나 사이에 서걱이는 그 무엇은
　　색색의 마음 닮은 낙엽이 그러하듯
　　속이 빈 현악기처럼 아픈 소리를 낸다.

　　가을은 잔물결로 속삭이는 실비로
　　그렇게 다가와 스치듯 지나가고
　　잠깐만 한눈팔아도 나를 잃어버린다.

　　너와 나 사이에 뜨겁던 사랑도
　　몇 번의 이유 없는 소리로 서걱거렸고

우리가 하나일 때도 가을은 가끔 슬펐다.

　　　－「서걱이다」전문

　　애잔한 추억의 반추다. 젊은 날의 회상곡이다. 누군들 이런 경험이 없을까. 그래서 소야곡을 듣는 것처럼 커피잔을 앞에 놓고 혼자 이 작품을 읽으며 공감의 미소를 지을 수 있을 것이다. 어쩌면 부부의 연을 이룬 사람도, 이미 다른 인연으로 떠나보낸 사람도 한때의 충격과 전율을 한 청춘의 사건으로 편입시켜 객관화된 눈으로 이 작품을 읽는다면, 한층 더 아름다운 추억을 소환할 수 있을 것이다. 그때의 고통을, 그때의 달콤함을 어제처럼 환기하면서.

　　역사적 사건에 대응하는 이 시인의 마음가짐을 다음 작품에서 살펴본다.

　　　아파서 너무 아파서 통증마저 사라진

　　　눈물겹던 그 시절의 역사를 간직한 채

　　　삭막한 시간의 강이 조심조심 흐른다.

아무리 씻고 씻어도 사라지지 않는 이름들

그대로 묻어둔 채 모른 척 살아내는

자꾸만 뒤돌아 보이는 우리들의 일기장.

해마다 오월이 오면 거북한 속울음

처방약도 듣지 않는 아침을 받아 들고

내일의 꿈을 위하여 나는 나를 다독인다.

　　ㅡ「5·18」전문

　1980년 5월 18일에 일어난 '5·18광주민주화운동'을 제목으로 한 작품이다. 이런 거대한 파노라마 같은 역사의 소용돌이 앞에서도 그는 안으로 울음 울며 자신의 위선을 책망하고 반성한다. 그리고 "내일의 꿈"을 위해 자세를 가다듬음으로 스스로 치유의 길을 찾아낸다. 모든 사람이 같은 행동을 할 수도 없고 그런 기회가 오지도 않는다. 그러나 그는 이 땅의 지성인으로서 그 상처가 얼마나 큰 것이고 얼마나 중요한 사건인가를 작품으로 표현하고 있다.

　다음은 시각장애인과 관련된 작품이다.

울퉁불퉁 멍울진

도롯가를 지나가면

햇볕에 그을린 커다란 손바닥처럼

노란색 페인트 벗겨진 거미줄이 보인다.

발아래 느껴지는 다른 촉각들을

외면하고 지나가는 바쁜 걸음 앞에

다리가 셋인 사람들이 말줄임표로 서있다.

힘겹게 쥐고 있는 지팡이를 의지한 채

행여나 넘어질까 숫자 세는 신호등처럼

문밖엔 아픈 신호음이 지금도 깜박인다.

　－「촉지도를 걷다」 전문

　과학이 고도로 발달된 현대사회에서도 장애인들의 불편은 곳곳에 산재해 있다. 그런 풍경을 포착해서 비장애인은 무심코 지나칠 수 있는 그들만의 고통을 촉지도를 통해 노래하고 있다. 신체적 제약이 없는 사람들 속에서 촉각으로 주위를 인지해야 하는 시각장애인의 아픔은 작

지 않을 것이다. 그들을 "깜박"이는 "아픈 신호음"이라고
환기시켜 주는 이은정의 눈은 이렇게 사회적 약자의 편
에 서기도 한다.

우리 사회의 비판적 담론 제기의 역할을 담당하는 신
문에 관한 다음 작품에서도 대상을 보는 그의 눈은 비교
적 색다르다.

우리는
가슴에
철문 하나
달고 산다

타인의 아픔까지
특종으로 옮겨놓고

테러다
최악의 참사다
재미있게 읽고 있다.

우리는

가슴에

사막을 안고 산다

자고 나면 전해지는

눈물 마른 장례 행렬

아직은

남의 일이라고

태연히 읽고 있다.

　－「신문을 펼치면」전문

　신문을 가지고 시상을 가다듬는 대부분의 시인들은 전
망 부재의 세상에 대한 암울한 메시지를 떠올리기 쉽다.
당연히 거기에 알맞은 이미지들을 생각해 낼 것이다. 그
래서 비정한 사회나 무책임한 주체 세력이나 타락한 사
회에 대해 분노의 화살을 날리며 의분하는 것이 작품에
서 흔히 볼 수 있는 내용이다. 그런데 이 시인은 오히려 남
의 슬픔을 태연히 읽고 있는 자신을 포함한 우리를 비판
한다. 아픔은 우리 모두의 것이어야 한다는 주장이다. 이

러한 그의 세계관은 나와 우리를 함께 사랑하는 포용의 세계관에서만 나올 수 있는 넓은 상상력이다. 사랑의 마음이 없으면 불가능한 사고다. 그의 이러한 눈은 타계한 시인과의 관계에서 더 뜨겁게 드러난다.

　　갑작스레 그녀와 이별하는 순간에
　　먹먹하고 먹먹하여 밥알이 엉겨 붙어
　　턱까지 차오른 한숨 구덩이를 파고 있다.

　　계절과 계절 사이 똑같은 하늘인데
　　무심한 시간들 소리 없이 빠져나가
　　밥 한번 먹자는 안부도 전하지 못했다.

　　이, 저승 거리야 헤아릴 수 없겠지만
　　내다보면 이미 온 봄 모란이 너무 붉어서
　　무심히 휴대폰 열고 번호를 찾고 있다.
　　－「관계」 전문

　그가 평소 언니처럼 따르던 한 시인의 갑작스런 죽음을 소재로 한 작품이다. 오랫동안 안부를 전하지 못한 채

밥 한 번 같이 못 먹고 보낸 이별에 대해 아파하고 있다. 지금껏 휴대폰 번호도 지우지 못하고 무심코 전화번호를 누르곤 한다. 타계한 아버지에 대한 얘기도 같이 이 시집에 담겨있다.

혈육에 대한 정을 노래한 작품으로는 다음 작품이 있다.

오월엔 하늘도 표정이 예뻐서
파랗게 노랗게 환하게 웃음 짓고
내 맘도 햇볕 좋을 때 내어다 말린다.

가끔씩 강짜 부리던 아이도 어른이 되어
카네이션 가슴에 달아주는 두 손이
그 귀한 시간을 닮아 조금씩 공손해졌다.

하하 호호 문밖으로 새어 나오는 웃음소리
지나간 시절은 꿈처럼 아름다워서
행간의 사잇길들을 자주 펼쳐 보곤 한다.
　－「가족사진」 전문

남편, 아들과 함께 세 식구로 구성된 단란한 가정을 꾸리고 있는 그는 이 작품에서 본인이 자랄 때의 추억을 들추고 있지는 않은 것 같다. 하루하루 아름다운 추억을 쌓으며 살아온 시인은, 별 탈 없이 꾸려온 가족 구성원 간의 정에 감사하면서 함께 찍어 모아두었던 사진들을 자주 펼쳐 보는 듯하다. 평범한 소시민에게 이처럼 행복한 시간이 또 있겠는가. 물론 나라도, 친정 부모도, 격변하는 국제 관계도 그에게 근심의 대상이 아닐 수는 없을 것이다. 그러나 그는 마치 조선시대 아낙네들의 내간체처럼 소소한 일상에 더 많이 눈길을 준다. 자신의 역할을 다하며 살아가는 그의 모습이 친근하고 정겹게 비친다.

2

앞에서 살펴본 바와 같이 그의 언어들은 부드러운 구어체로 흐르고 있으며, 그의 시적 시선은 선하고, 그의 모든 작품을 받치고 있는 근원은 사랑이라는 것을 확인할 수 있다. 그는 시조를 새롭게 쓰려고 과한 모험을 하지 않는다. 그리고 어렵게 쓰려고 사건을 비틀지도 않는다. 생각나면 일기 쓰듯 메모해 두었다가 어느 날 그만의 색깔로 작품의 최종 옷을 입힌다. 그렇다고 해서 성의 없이 쓰는 것도 아니다. 그의 시조는 그의 생활과 거의 일치하는 기록들이다. 그만큼 진정성이 있다. 앞서 살펴본 내용들을 정리해 보아도, 여러 분야에서 그가 보여주는 내면 풍경은 삶을 관조하는 견자의 자세라고 이름 붙일 수 있을 만큼 조심스럽고 진실하다. 이 시조집에 실린 사랑의 세목들을 다시 정리해 본다면, 사회적 약자에 대한 배려, 역사에 대한 관심, 이성적 사랑, 가족 간의 사랑, 사랑을 깨우치는 노래에서 이미 이승을 떠난 사람과의 인연까지, 마치 한 올 한 올 수를 놓듯, 아니면 혼잣말로 속살거리는 듯한 느낌으로 시화해 놓았다.

　　내소사엔 아직도 꽃봉오리 맺혀있다
　　꽃살문 사이사이 천여 일이 맺혀있다
　　바래고 지워진 세월 결 따라 맺혀있다.

　　사미승 두고 간 마음 한쪽 들여다보면
　　아득하고 아득하여 목탁 소리 처연하다
　　몇 번의 업을 닦아야 꽃봉오리 피어날까.

내소천 가로질러 살아나는 시간들
물이 되고 흙이 된 사람들을 잊지 못해
천년의 대웅보전 곁에 꿈결처럼 맺혀있다.
　-「내소사 설화」전문

　내소사나 거기 있는 꽃살문은 많은 관광객이 즐겨 찾
는 아름다운 건축물이다. 사미승과 화공의 일화가 곁들
여진 설화를 품고 있는 명찰이기도 하다. 그 모든 것을 아
울러서 이은정은 이 작품을 완성했다. 이 작품의 장점은
한두 가지가 아니다. 쉽게 몇 가지를 든다면 자연스레 흐
르는 가락의 묘미, 설화를 은밀하게 곁들여 엮은 스토리,
육화된 이미지들, 그리고 역동적 느낌 등이 있다.

　항상 안 보이는 곳에서 헌신하고 애써 자신을 나타내
지 않는 그에게 이번 시집 간행만 해도 커다란 용기라고
주위에서 얘기한다. 그는 많은 재능을 갖고 있는 시인이
다. 그러나 그의 조심성이 얼마만큼 시조에 집중할 수 있
는 시간을 확보해 낼지는 아무도 모른다. 다만 그의 삶을
경영하는 태도와 사물을 바라보는 긍정적인 시선이 앞으

로 자신만의 시 세계를 완성해 나가는 데 든든한 디딤돌이 될 것이라 확신한다. 이번 시집의 발간을 출발점으로 그의 재능이 시조문학의 내일을 위해 한껏 꽃피기를 희망하고 기대한다.

이은정

1976년 경남 마산 출생
2006년 〈경남신문〉 신춘문예 시조 당선
lej2028@hanmail.net

서걱이다

—

초판 1쇄 2020년 8월 5일
지은이 이은정
펴낸이 김영재
펴낸곳 책만드는집
—
주소 서울 마포구 양화로 3길 99, 4층 (04022)
전화 3142-1585·6
팩스 336-8908
전자우편 chaekjip@naver.com
출판등록 1994년 1월 13일 제10-927호
ⓒ 이은정, 2020
—
* 이 책은 2020년 경남문화예술진흥원의 문화예술지원을 보조받아 발간되었습니다.

경남문화예술진흥원
GYEONGNAM CULTURE AND ARTS FOUNDATION

—

ISBN 978-89-7944-731-6 (04810)
ISBN 978-89-7944-354-7 (세트)